AF331540

EPITRE

A

MES DIEUX

PENATES.

A AMSTERDAM.

MDCCXXXVI.

EPITRE

A

MES DIEUX

PENATES.

PAR M***.

Ce 20. Mai 1736.

P ROTECTEURS de mon toit
rustique
C'est à vous qu'aujourd'hui
j'écris,
Vous, qui sous ce foyer antique
Bravez le faste de Paris,
Et la mollesse Asiatique
Des Alcoves & des Lambris,

Soyez les feuls dépofitaires

De mes Vers férieux , ou foux :

Que mes Ouvrages folitaires

Se dérobant aux yeux vulgaires ,

Ne s'éloignent jamais de vous.

    J'efperois que l'affreux Borée

Refpecteroit nos jeunes fleurs ,

Et que l'haleine temperée

Du Dieu qui prévient les chaleurs

Rendroit à la terre éplorée

Et fes parfums & fes couleurs.

Mais , les Nymphes , & leurs Compagnes

Cherchent les abris des buiffons ;

L'hyver defcendu des montagnes

Souffle de nouveau fes glaçons ,

Et ravage dans les campagnes

Les prémices de nos moiffons.

Rentrons dans notre folitude

Puifque l'Aquilon déchaîné

Menace Zéphire étonné

D'une nouvelle servitude,
Rentrons, & qu'une douce étude
Déride mon front sérieux.
Vous mes Pénates, vous mes Dieux!
Ecartez ce qu'elle a de rude,
Et que les Vents séditieux
N'emportent que l'inquiétude,
Et laissent la paix en ces lieux.
Enfin je vous revois, mes Lares,
Sous ce foyer étincellant
A la rigueur des Vents barbares
Opposer un Chêne brûlant.
Je suis enfin dans le silence,
Mon esprit libre de ses fers
Se proméne avec nonchalance
Sur les erreurs de l'Univers.
Rien ne m'aigrit, rien ne m'offense,
Cœurs vicieux, esprits pervers,
Vils esclaves de l'opulence,
Je vous condamne sans vengeance.

Cœurs éprouvez par les revers,

Et soûtenus par l'innocence

Ma main sans espoir vous encense,

Mes yeux sur le mérite ouverts

Se ferment sur la récompense.

Sans sortir de mon indolence

Je reconnois tous les travers

De ce rien qu'on nomme Science,

Je vois que la sombre ignorance

Obscurcit les pâles éclairs

De notre foible intelligence.

Ah ! que ma chére indifférence

M'offre ici de plaisirs divers,

Mes Dieux sont les Rois que je sers,

Ma maîtresse est l'indépendance,

Et mon étude l'inconstance.

O toi, qui dans le sein des mers

Avec l'Amour as pris naissance,

Déesse répands dans mes Vers

Ce tour, cette noble cadence

Et cette molle négligence
Dont tu fçais embellir tes Airs,
Amant de la fimple nature
Je fuis les traces de fes pas.
Sa main auffi libre que fûre
Neglige les loix du Compas ,
Et la plus légere parure
Eft un voile pour fes appas.
Quand la verrai-je fans emblême
Sans fard , fans éclat emprunté
Conferver dans la pudeur même
Une piquante nudité ,
Et joindre à la langueur que j'aime
Le fouris de la volupté.

Infpirez-moi , divins Penates ,
Vous-mêmes guidez mes travaux ,
Verfez fur ces rimes ingrates
Un feu vainqueur de mes rivaux.
Et que mes Chants toujours nouveaux
Mêlent la raifon des Socrates

Au badinage des Saphos.

Mais qu'une fageſſe ſterile

N'occupe jamais mes loiſirs ,

Que toujours ma Muſe fertile

Imite , en variant ſon ſtile

Le vol inconſtant des Zephirs ,

Et qu'elle abandonne l'utile

S'il eſt ſéparé des plaiſirs,

Favorable à ce beau délire

Grand Rouſſeau , vole à mon ſecours ,

Pour remplir ce qu'un Dieu m'inſpire ,

Réunis en ce jour la Lyre ,

Et le Luth badin des Amours :

Soûtiens moi , prête moi tes aîles ,

Guide mon vol audacieux

Juſqu'à ces voûtes éternelles

Où l'Aſtre qui parcourt les Cieux

Darde ſes flammes immortelles

Sur les ténébres de ces lieux.

Je lis , j'admire tes ouvrages,

L'efprit de l'être Créateur

Semble verfer fur tes images

Toute fa force & fa grandeur ;

Mais ne crois pas que vil flateur

Je deshonore mes fuffrages

En mendiant ceux de l'Auteur.

Vous le fçavez, Dieux domeftiques,

Mon ftile n'eft point infecté

Par le fiel amer des critiques,

Ni par le Nectar apprêté

Des longs & froids panegyriques.

Sous les yeux de la vérité,

J'adreffe au Princes des Lyriques

Cet éloge que m'ont dicté

Le goût, l'eftime, & l'équité.

Rouffeau conduit par Polymnie

Fit paffer dans nos vers François

Ces fons nombreux, cette harmonie

Qui donne la vie & la voix

Aux airs qu'enfante le génie.

Lui seul avec sévérité,

Sous les contraintes de la rime,

Fit naître l'ordre & la clarté,

Et par le concours unanime

D'une heureuse fécondité

Unie aux travaux de la lime,

Sa Muse avec rapidité

S'élévant jusques au sublime

Vola vers l'immortalité.

Que la Renommée, & l'Histoire

Gravent à jamais sur l'airain

Cet hymne digne de mémoire,

Où Rousseau la flamme à la main

Chasse du Temple de la Gloire

Les destructeurs du genre humain,

Et sous les yeux de la Victoire

Ebranle leur trône incertain.

Tels sont les accents de sa Lyre.

Mais quel feu, quels nouveaux attraits,

Lorsque Bachus & la Satyre

Dans un vin petillant & frais

Trempent la pointe de ses traits ,

Envain de sa gloire ennemie ,

La haine répand en tout lieu

Que sa muse enfin avilie

N'est plus cette Muse chérie

De Dussé , la Fare , & Chaulieu :

Maigré les Arrêts de l'envie

S'il revenoit dans sa patrie ,

Il en seroit encor le Dieu.

Les travaux de notre jeune âge

Sont toûjours les plus éclatans ;

Les graces qui font leur partage

Les sauvent des rides du temps.

Moins la rose compte d'instants

Plus elle s'assure l'hommage

Des autres filles du Printemps.

Répons moi célebre V * * *

Qu'est devenu ce coloris

Ce nombre , ce beau caractére

Qui marquoit tes premiers écrits
Quand ta plume vive & legere
Peignoit la joye enfant des Ris ,
Le vin faillant dans la fougere ,
Les regards malins de Cypris ,
Et tous les fecrets de Cythére.
Alors de l'héroïque épris
Tu célébrois la violence
Des feize Tyrans de Paris ,
Et la généreufe clémence
Du plus vaillant de nos Henris.
Alors , la fublime éloquence ,
Te pénétroit de fes chaleurs ;
Les graces & la véhémence
Se marioient dans tes couleurs ;
Et par une heureufe inconftance ,
De ton efprit en abondance ,
Sortoient des foudres & des fleurs.
Mais cette chaleur éclairée
Qui fe répandoit fur tes Vers ,

Par

Par tes grands travaux moderée,
Semble enfin s'être évaporée,
Comme un nuage dans les airs.

Tandis que ma Muse volage
Par un aimable égarement
S'arrête où le plaisir l'engage,
Et donne tout au sentiment :
L'ombre descend, le jour s'efface
Le char du soleil qui s'enfuit
Se joüe envain sur la surface,
De l'onde qui le reproduit,
L'heure impatiente le suit,
Vole, le presse, & dans sa place
Fait succeder l'obscure nuit.

Que dans ma retraite éclairée
Par la présence & le concours
Des Dieux enfans de Cytherée,
Les plaisirs exilés des Cours
Du vin de cette urne sacrée
S'enyvrent avec les Amours!

B

Que mon toit soit impénétrable
Aux craintes, aux remords vengeurs,
Et qu'un repos inaltérable
Dans cet azile favorable
Endorme les soucis rongeurs.

Sur ces demeures solitaires
Veillez, ô mes Dieux tutelaires !
Déja Morphée au teint vermeil
Abaisse ses aîles legeres,
D'où la mollesse & le sommeil
Vont descendre sur mes paupieres.
Puissé-je après deux nuits entieres
N'être encor qu'au premier réveil,
Et voir dans tout son appareil
L'Aurore entr'ouvrant les barrieres
Du Temple brillant du soleil !

Vous, dont la main m'est toujours chere,
Vous, mes amis dès le berceau,
Si l'enfant qui porte un flambeau
Venoit m'annoncer que Gylcere

Favorife un amant nouveau ,

Mes Dieux , déchirez fon bandeau ,

Et repouffez le téméraire.

Mais , fi plus fenfible à mes vœux ,

Il vous apprend que cette belle

Moins aimable encor que fidelle ,

Brûle pour moi dés mêmes feux :

Alors d'une offrande éternelle

Flatez cet enfant dangereux :

Et qu'une fleur toute nouvelle

Orne à l'inftant ces beaux cheveux.

F I N.

* *EPITRE sur la Pareſſe à Mr.... par Mr.
Greſſet, Auteur du Poëme de Ver-Vert.*

CEnſeur de ma chére Pareſſe,
  Pourquoi viens-tu me réveiller
Au ſein de l'aimable Moleſſe
Où j'aime tant à ſommeiller ?
Laiſſe moi, Philoſophe auſtére,
Gouter voluptueuſement
Le doux plaiſir de ne rien faire,
Et de penſer tranquillement.
Sur l'*Helicon* tu me rapelles,
Mais ta Muſe en vain me promet
Le ſecours conſtant de tes Ailes
Pour m'élever à ſon ſommet ;
Mon eſprit amoureux des chaînes
Que lui préſente le Repos,

  * *Cette Piéce eſt toute nouvelle & n'eſt
point encore connûë à Paris.*

Frémit des Veilles & des Peines
Qui suivent le Dieu de *Délos* :
Veux tu qu'héritier de la Plume
Des *Malherbes* & des *Rousseaux*,
Dans mes vers pompeux je ralume
Le feu qui sort de leurs Pinceaux ?
Ce n'est point à l'humble colombe
A suivre l'Aigle dans les Cieux ;
Sous les grands travaux je succombe :
Les Yeux & les Ris sont mes Dieux.
Peut-être d'une voix legére
Entre l'amour & les buveurs
J'aurois pû vanter à *Glycére*
Et mes Larcins & ses faveurs ;
Mais la *Fare*, la *Sabliére*
Ont cüeilli les plus belles fleurs,
Et n'ont laissé dans leur carriére
Que des Narcisses sans couleurs.
Pour éternifer sa Mémoire
On perd les momens les plus doux :

Pourquoi chercher si loin la gloire ?

Le plaisir est si près de nous.

Dites moi, Manes des *Corneilles*,

Vous, qui par des vers immortels,

Des Dieux égalez les Merveilles,

Et leur disputez les Autels,

Cette Couronne toûjours verte

Qui pare vos fronts triomphans,

Vous vange-t-elle de la perte

De vos Amours, de vos beaux Ans ?

Non, vos chants, triste *Melpomene*,

Ne troubleront point mes loisirs ;

La Gloire vaut-elle la peine

Que j'abandonne les plaisirs ?

Ce n'est pas que froid *Quiétiste*,

Mes yeux fermés par le repos

Languissent dans une nuit triste

Qui n'a pour Fleurs que des Pavots,

Occupé de rians mensonges,

L'Amour interrompt mon sommeil ;

Je paſſe de ſonges en ſonges,

Du repos je vole au reveil.

Quelquefois pour *Eleonore*,

Oubliant mon Oiſiveté,

Ma jeune *Muſe* touche encore

Un Luth que l'amour a monté :

Mais elle abandonne la Lyre

Dès qu'elle eſt prête à ſe laſſer ;

Car enfin que ſert-il d'écrire ?

N'eſt-ce point aſſez de penſer ?

F I N.